1971 Unser Jahrgang

KINDHEIT
IN DER DDR

Unser Jahrgang 1971

BILD UND HEIMAT

Einleitung 1971

Schritt für Schritt ins volle Leben

Lasst uns die Gläser erheben und in geselliger Runde anstoßen! Viel ist passiert, seitdem wir auf die Welt gekommen sind. Bereits in unserem Geburtsjahr überschlugen sich die Ereignisse. Erich Honecker wurde Staatsoberhaupt der DDR und brachte Veränderungen in Gang. Überall im Land entstanden staatlich geförderte Neubausiedlungen. Die gesellschaftliche Entwicklung hielt Kurs in Richtung Moderne.

An Arbeitsplätzen herrschte kein Mangel. Zusätzlich garantierte die Staatsverfassung jedem Bürger das Recht auf Lohnarbeit. Der Lebensstandard stieg seit Mitte der 1960er Jahre, so dass Fernseher, Waschmaschine und Kühlschrank in jedem Haushalt zu finden waren. Das spiegelte sich in unseren Gewohnheiten wider. Wir waren die erste Generation, die flächendeckend den ab 1959 täglich gesendeten Abendgruß ansah.

Die Familie und der Alltag der DDR prägten unsere Kindheit und Jugend. Wir besuchten die Kinderkrippe, den Kindergarten und die Polytechnische Oberschule (POS). FDGB-Urlaub und Jugendweihe stellten die ersten Höhepunkte unseres Lebens dar.

Als die Mauer fiel, wurden wir volljährig. Plötzlich stand uns die Welt offen. Die neuen Möglichkeiten überwogen die durch den Umbruch entstandenen Sorgen, bis uns die Berichte über Betriebsschließungen und Massenentlassungen erreichten. Mutig stellten wir uns den Herausforderungen. Wir erlebten Erfolge, aber auch Niederlagen. Schritt für Schritt meisterten wir die veränderten Gegebenheiten.

Anlässlich unseres Geburtstages erinnern wir uns glücklich und dankbar an all die prägenden Erlebnisse unseres bisherigen Lebens.

Weltgeschehen 1971

Wichtige Ereignisse
1971

Unser Geburtsjahr steht im Zeichen der Annäherung. Die konkurrierenden Besatzungsmächte Sowjetunion, Frankreich, Großbritannien und USA und die beiden deutschen Staaten finden durch Verträge zu einem versöhnlichen Ton. Noch immer tobt in Vietnam ein Bürger- und Stellvertreterkrieg. Eine Zeitenwende läutet die Wahl Erich Honeckers zum Ersten Sekretär des Zentralkomitees der SED ein. In der BRD verbreitet der Terror der Roten Armee Fraktion (RAF) Angst und Schrecken. Hüben wie drüben werden die Menschen vor historische Herausforderungen gestellt.

03.05.
Walter Ulbricht zieht sich vom Amt des Ersten Sekretärs des Zentralkomitees der SED zurück. Erich Honecker übernimmt den Posten.

13.06.
Die *New York Times* beginnt mit der Veröffentlichung der Pentagon-Papiere: Die Artikelserie enthüllt die systematische Täuschung des amerikanischen Kongresses sowie der Bevölkerung über den Verlauf des Vietnamkrieges.

03.09.
Die vier Besatzungsmächte unterzeichnen das Viermächteabkommen über Berlin.

18.11.
In der DDR schließt man Preiserhöhungen auf Konsumgüter und Dienstleistungen bis 1975 aus.

10.12.
Bundeskanzler Willy Brandt erhält für seine Neue Ostpolitik den Friedensnobelpreis.

Politik
1971

Dresden, 1. Mai 1971: Vietnamesische Vertragsarbeiter demonstrieren gegen den Vietnamkrieg.

In unserem Geburtsjahr übernimmt Erich Honecker offiziell die Staatsgeschäfte der DDR. Nach seinem Amtsantritt ändert die Partei die unter Ulbricht eingeschlagene Richtung. Die neue Führungsriege setzt Impulse für eine liberalere Kulturpolitik. Auf dem 14. Plenum des ZK der SED im Dezember fordert Honecker eine Literatur »ohne Tabus«.

Auch wirtschaftspolitisch vollzieht die SED einen Kurswechsel. Die Modernisierung der Volkseigenen Betriebe, die eine flexiblere Produktionsweise möglich machte, wird zurückgefahren. Von Moskau eingefordert, kehrt man zur Planwirtschaft nach sowjetischem Vorbild zurück.

In der BRD nimmt die Gewaltbereitschaft der Roten Armee Fraktion zu. Der Staat und die linksextremistische Terrororganisation begegnen sich unerbittlich. Währenddessen steht Horst Mahler vor Gericht. Dem Rechtsanwalt wird eine Beteiligung an der Befreiung Andreas Baaders

1971: Erich Honecker (l.) und das sowjetische Staatsoberhaupt Leonid Breschnew auf einem Jagdausflug. Seit Mitte der 1960er Jahre treffen die beiden Politiker regelmäßig aufeinander. Bereits 1970 wurden erste Pläne zu Ulbrichts Entmachtung geschmiedet. Als erster Mann im Staat führt Honecker die DDR zurück auf den Kurs der UdSSR.

aus der Justizvollzugsanstalt Tegel in Westberlin am 14. Mai 1970 vorgeworfen. Die Aktion gilt als Geburtsstunde der RAF.

Die Devise des seit 1969 amtierenden Bundeskanzlers Willy Brandt ist Annäherung statt Konfrontation. Die sozialliberale Koalition setzt die Neue Ostpolitik fort. Gleichzeitig erlässt der Bundestag Gesetze zum Umweltschutz und zum Ausbau sozialer Gerechtigkeit.

International bezeugt die Gründung der Hilfsorganisationen Greenpeace und Ärzte ohne Grenzen das Eintreten der Zivilgesellschaft für eine gerechtere und friedlichere Welt.

In Bahrain und Bangladesch feiert man Unabhängigkeit. Neben Bahrain werden Katar und Bhutan Mitglieder der Vereinten Nationen.

Die US-Regierung gerät an der Heimatfront unter Druck. Der Unmut der amerikanischen Bevölkerung über die Beteiligung am Vietnamkrieg wächst. Erst in unserem Geburtsjahr stoppen die USA den Einsatz des Entlaubungsmittels Agent Orange in Vietnam, das nicht nur flächendeckende Ernteausfälle verursachte, sondern auch schwere Fehlbildungen bei Neugeborenen sowie Krebs- und Immunschwächekrankheiten.

Neue Ostpolitik

Die Mailänder Zeitschrift *Storia illustrata* und die Pariser Tageszeitung *L'aurore* krönen Willy Brandt am 1. Januar zum »Mann des Jahres 1970«. Zuvor zeichnete ihn bereits das US-Magazin *Time* mit diesem Titel aus. Außerdem erhält der Bundeskanzler in unserem Geburtsjahr den Friedensnobelpreis. Seine Neue Ostpolitik findet weltweit Beachtung. Sie setzt auf einen konstruktiven Dialog und bewirkt Vertragsabschlüsse, die eine Annäherung zwischen Ost und West ermöglichen. In unserem Geburtsjahr besucht der SPD-Politiker die UdSSR und unternimmt mit Leonid Breschnew eine Bootsfahrt (Foto). Weiterhin finden die DDR und BRD zu einer diplomatischen Lösung mit dem Abkommen über den Transitverkehr.

Chronologischer
Überblick
1971

Ereignisse in der DDR

1971

In unserem Geburtsjahr werden die Weichen für eine die Deutsche Demokratische Republik prägende Politkarriere gestellt. Die Tage von Walter Ulbricht sind gezählt. Der neue Kader steht bereits in den Startlöchern. In welche Richtung wird sich die DDR mit ihren gut 17 Millionen Einwohnern entwickeln? Zuerst stehen Maßnahmen zur Verbesserung der Lebensverhältnisse der DDR-Bürger auf dem Programm. Mit dem Westen geht die Partei auf Tuchfühlung. Schlussendlich kommen Verträge mit dem Ziel der Harmonisierung der deutsch-deutschen Verhältnisse zustande.

JANUAR

31.01.
Wiederinbetriebnahme der seit 1952 unterbundenen Telefonverbindungen zwischen der DDR und der BRD

27.01.
Anlässlich einer Reise des Bundespräsidenten Gustav Heinemann nach Westberlin erschwert die DDR-Regierung den Transitverkehr in der geteilten Stadt.

FEBRUAR

01.02.
Der Ministerrat beschließt eine Erhöhung der Grundrente und des Mindestlohns sowie Preissenkungen für verschiedene Konsumgüter wie Kinderbekleidung und Haushaltsgeräte.

02.02.
DDR-Außenwirtschaftsminister Horst Solle trifft in Neu-Delhi zu Gesprächen auf V. V. Giri, den Präsidenten der Republik Indien.

MÄRZ

14.–23.03.
Auf der Leipziger Frühjahrsmesse präsentieren 9500 Aussteller aus 65 Ländern ihre Industriegüter und Produktionsanlagen.

16.03.
Die DDR und Chile nehmen diplomatische Beziehungen auf.

APRIL

22.04.
Mit einem Festakt im Haus der Presse gegenüber dem Ostberliner S-Bahnhof Friedrichstraße feiert die SED ihren 25. Gründungstag.

MAI

03.05.
Zwei Lager stehen sich im SED-Politbüro gegenüber. Walter Ulbricht und seine Gefolgschaft setzen auf Reformen und die Entwicklung einer modernen Gesellschaft. Erich Honecker hält an einem rigiden Kurs und der Planwirtschaft fest. Unterstützung

Öffentlichkeitswirksam gratuliert Erich Honecker den zum Rücktritt gezwungenen Walter Ulbricht am 30. Juni des Jahres zum 78. Geburtstag.

erhält er aus Moskau. In Absprache mit Leonid Breschnew plant er die Entmachtung des Staatsratsvorsitzenden. Zuerst gibt Ulbricht »aus gesundheitlichen Gründen« das Amt des Ersten Sekretärs des ZK der SED ab, anschließend den Posten des Vorsitzenden des Nationalen Verteidigungsrates. Schlussendlich übernimmt Honecker 1976 auch den Vorsitz des Staatsrats.

25.05.
Kongresseröffnung des IX. Parlaments der FDJ: Delegierte aus der gesamten Republik treffen in der Berliner Werner-Seelenbinder-Halle aufeinander. Am vorletzten Beratungstag (28.05.) hält der Erste Sekretär des ZK der SED, Erich Honecker, eine Rede.

JUNI

15.–19.06.
VIII. Parteitag der SED in der Berliner Werner-Seelenbinder-Halle

JULI

07.07.
Auflösung des Staatssekretariats für westdeutsche Fragen

29.07.
Der Rat für gegenseitige Wirtschaftshilfe (RGW) beschließt auf einer Tagung in Bukarest das Komplexprogramm zur »weiteren Vertiefung und Vervollkommnung der Zusammenarbeit und Entwicklung der sozialistischen ökonomischen Integration« der acht Mitgliedsstaaten

SEPTEMBER

11.09.
Das ehemalige sowjetische Staatsoberhaupt **Nikita Chruschtschow** stirbt 77-jährig in Moskau.

20.09.
DDR-Bürger dürfen ab sofort ohne Visa nach Polen reisen.

23.09.
Leonid Breschnew bestreitet in Belgrad die Existenz einer Breschnew-Doktrin, die er auf dem 5. Parteitag der Polnischen Vereinigten Arbeiterpartei 1968 vorgestellt hatte. Sie beinhaltet das Recht auf Eingriff der UdSSR, wenn der Sozialismus bedroht sein sollte.

30.09.
Unterzeichnung eines Protokolls zwischen der DDR und der BRD zur Verbesserung des innerdeutschen Postverkehrs

OKTOBER

21.10.
Ministerratsbeschluss zur Förderung des privaten Wohnungsbaus in kleineren und mittleren Städten ab 1972

30.10.
Erich Honecker begrüßt Leonid Breschnew (r.) am Flughafen in Berlin-Schönefeld. Der Generalsekretär der KPdSU weilt zu einem **Freundschaftsbesuch** in der DDR.

NOVEMBER

14.11.
Volkskammerwahlen: Offiziell werden 99,85 Prozent der Stimmen für die Kandidaten der Nationalen Front abgegeben.

15.11.
Der Deutschlandsender und die Berliner Welle schließen sich zum Rundfunksender **Stimme der DDR** zusammen.

26.11.
Die Delegierten der Volkskammer wählen Willi Stoph zum Ministerratsvorsitzenden und Erich Honecker zum Vorsitzenden des Verteidigungsrates.

DEZEMBER

17.12.
Unterzeichnung des Abkommens über den Transitverkehr zwischen der DDR und der BRD

20.12.
Die Volkskammer verabschiedet ein Gesetz über den Fünfjahresplan 1971 bis 1975.

Basierend auf dem Viermächteabkommen, tritt die DDR einen 20 Meter breiten und ca. 1 Kilometer langen Territorialanspruch zwischen **Steinstücken** und Kohlhasenbrück an Westberlin ab.

Ereignisse in der BRD
Weltgeschehen 1971

In unserem Geburtsjahr setzt sich die Modernisierung der Gesellschaft in vielen Teilen der Welt fort. Emanzipation, Chancengleichheit und Umweltschutz stehen weit oben auf der politischen Agenda. Gleichzeitig finden die Nachrichten und Zeitungsmeldungen über Krieg und Zerstörung kein Ende. Noch immer sterben in Vietnam unzählige Menschen, auch wenn die USA ihre Truppen aus dem ostasiatischen Krisenherd zurückziehen. In der Bundesrepublik verbreitet die Rote Armee Fraktion (RAF) Angst und Schrecken. Optimistisch stimmt der Einfluss der Presse, die mit zwei Publikationen eindrucksvoll ihre Macht und ihr Bemühen um eine bessere Welt beweist.

JANUAR

07.01.
Die Bundesrepublik verweist einen sowjetischen Diplomaten mit dem Vorwurf der Spionage des Landes.

FEBRUAR

07.02.
Die Schweiz führt das Wahlrecht für Frauen auf Landesebene ein.

08.02.
In der Bundesrepublik sorgt der sogenannte Haarnetz-Erlass für Aufregung. Soldaten mit über den Hemdkragen reichenden Haaren müssen auf Geheiß des Bundesverteidigungsministeriums im Dienst ab sofort ein Haarnetz tragen. Für diesen Beschluss erhält der amtsführende Minister Helmut Schmidt den Aachener Karnevalsorden wider den tierischen Ernst. Der Erlass wird im Mai 1972 wieder aufgehoben.

11.02.
Der Meeresboden-Vertrag wird in Washington, London und Moskau zur Unterzeichnung ausgelegt. Er verbietet das Stationieren von Kernwaffen und anderen Massenvernichtungsmitteln auf Meeresgrund. Es tritt nach der Ratifikationen von mehr als 25 Ländern am 18. Mai 1972 in Kraft.

12.02.
Verhaftung 13 mutmaßlicher Terroristen der **Baader-Meinhof-Gruppe**

MÄRZ

07.03.
Die erste Folge der Kindersendung **»Die Sendung mit der Maus«** wird in der ARD ausgestrahlt. Die »Lach- und Sachgeschichten« erfreuen seitdem jeden Sonntagvormittag die Kleinsten.

26.03.
Bangladesch verkündet seine Unabhängigkeit von Pakistan.

30.03.
In der BRD tritt das erste Umweltschutzgesetz in Kraft. In der Umgebung von Flughäfen gelten ab sofort Vorgaben zur Einrichtung eines Lärmschutzbereiches. Im weiteren Verlauf des Jahres wird das Gesetz zur Verminderung von Luftverunreinigungen verabschiedet.

APRIL

18.04.
Zum ersten Mal in der Kirchengeschichte nimmt ein katholischer Bischof in Worms an einem evangelischen Gottesdienst zu Ehren Martin Luthers teil.

MAI

13.05.
Die kritische Haushaltslage der BRD erzwingt den Rücktritt von Bundesfinanzminister Alex Möller. Karl Schiller, bisher Bundeswirtschaftsminister, übernimmt den Posten.

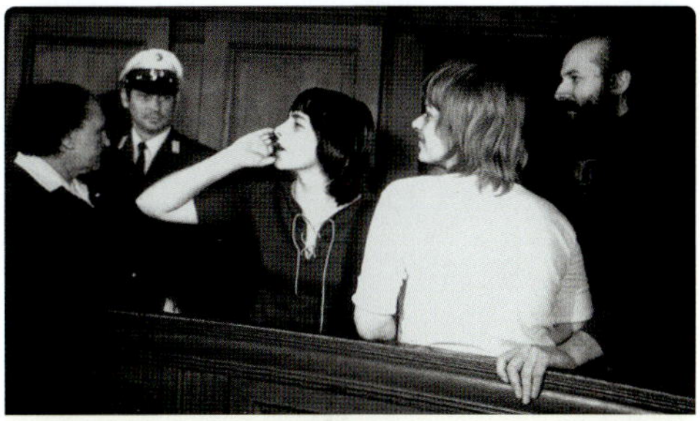

21.05.
Der Rechtsanwalt **Horst Mahler** (r.) wird in Westberlin vorerst vom Vorwurf der Beteiligung an der gewaltsamen Befreiung Andreas Baaders aus Mangel an Beweisen freigesprochen, bleibt aber wegen anderer Delikte in Haft. Die Mitangeklagten **Ingrid Schubert** (M.) und **Irene Goergens** (l.) werden schuldig gesprochen und zu Jugendhaftstrafen in Höhe von sechs bzw. vier Jahren verurteilt.

JUNI

06.06.
Die Presse beweist eindrucksvoll ihre Bedeutung als vierte Gewalt: In der BRD sorgt eine Kampagne des *Stern* für Aufregung. 374 prominente und nichtprominente Frauen gestehen: »Wir haben abgetrieben«. Mit diesem Beitrag mischen sie sich in die Debatte um den Paragraphen 218 des Strafgesetzbuches ein. Im weiteren Verlauf setzt sich bis 1976 die »Indikationsregelung« durch, die den Schwangerschaftsabbruch unter bestimmten Voraussetzungen erlaubt.

Der Spielfilm *Paragraph 218 – Wir haben abgetrieben, Herr Staatsanwalt* (Regie: Eberhard Schröder und Rob Houwer) hat am 2. September Premiere.

JULI

19.07.
Das vom Bundestag verabschiedete Städtebauförderungsgesetz gibt den Gemeinden eine Rechtsgrundlage zur Sanierung der Stadtkerne und zur Eindämmung von Bodenspekulationen in Großstädten.

AUGUST

14.08.
Unabhängigkeit Bahrains von Großbritannien

26.08.
Der Bundestag bewilligt das Bundesausbildungsgesetz (BAFÖG), das die rechtliche Grundlage für den Bezug staatlicher Unterstützung innerhalb der schulischen Ausbildung bzw. des Studiums definiert.

27.08.
Eröffnung der ersten internationalen Funkausstellung auf dem Messegelände in Westberlin

SEPTEMBER

03.09.
Unabhängigkeit des Landes Katar am Persischen Golf

09.–13.09.
Während eines Gefangenenaufstands in der Haftanstalt Attica im Bundesstaat New York sterben 32 Häftlinge und 11 Mitarbeiter. Mehr als 1200 Gefangene haben auf die unhaltbaren Zustände in US-Gefängnissen aufmerksam machen wollen.

10.09.
Die Bundesregierung verkündet die Verkürzung des Grundwehrdienstes von 18 Monaten auf 15.

15.09.
Die Geburtsstunde von **Greenpeace**: Die *Phyllis Cormack*, ein alter Fischkutter, setzt das Segel mit den Friedens- und Ökologiezeichen und nimmt Kurs auf die 42 Tage entfernte Insel Amchitka im Südwesten Alaskas – ein Atomtestgebiet. An Bord befinden sich neben dem Kapitän John Cormack Jim Bohlen, einer der Gründer von Greenpeace, dazu Journalisten, Wissenschaftler und ein Arzt. Sie haben vor, durch ihre reine Anwesenheit in diesem Gebiet ihren Protest auszudrücken. Am Ende gelingt es ihnen mit Hilfe der Medien, vier von sieben Tests zu stoppen.

27.09.
In Köln findet die Allgemeine Nahrungs- und Genussmittelausstellung (Anuga) statt. Dort präsentiert man den europäischen Konsumenten erstmalig Mangos und Kiwis.

OKTOBER

22.10.
Die RAF erschießt den Polizisten Norbert Schmid in Hamburg.

NOVEMBER

10.11.
Das vom Bundestag verabschiedete Betriebsverfassungsgesetz stärkt die Mitwirkungsrechte für Betriebsräte.

28.11.
Während einer Tagung der Arabischen Liga in Kairo wird der jordanische Premierminister Wasfi at-Tall durch Mitglieder der palästinensische Terrorgruppe »Schwarzer September« umgebracht.

DEZEMBER

4.12.
In Westberlin stirbt der in der militanten Szene aktive Student Georg von Rauch in einem Schusswechsel zwischen Polizei und Mitgliedern der Baader-Meinhof-Gruppe.

20.12.
Gründung der gemeinnützigen Organisation **Ärzte ohne Grenzen**

22.12.
Während eines Überfalls der RAF auf die Bayerische Hypotheken- und Wechselbank stirbt der Polizist Herbert Schoner in Kaiserslautern.

29.11.
Theo Albrecht wird vor dem Hauptsitz des Aldikonzerns in Herten entführt. Nach einer Lösegeldzahlung von sieben Millionen Mark wird der prominente Unternehmensgründer nach 17 Tagen von den Entführern freigelassen. Die Täter werden kurz darauf gefasst und zu langen Haftstrafen verurteilt.

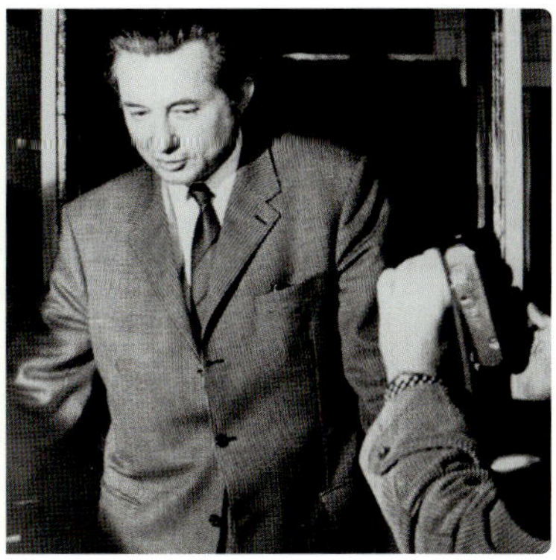

Gesellschaft
1971

Hoyerswerda, um 1970: die Skulptur »Mutter mit Kind« des Bildhauers Martin Wetzel in einem Wohnkomplex

Die DDR hat sich den Fortschritt auf die Fahne geschrieben. Die Industrieproduktion wächst kontinuierlich. Seit 1960 steigt das Bruttosozialprodukt jährlich um knapp fünf Prozent. Das wirkt sich spürbar auf die Lebensbedingungen aus. In den Geschäften füllen sich die Regale. Neben den Dingen des täglichen Bedarfs gehört ein wachsendes Angebot an Haushaltsgeräten zum Sortiment.

Gleichzeitig führt eine Kooperation zwischen Forschung und Produktion zu einem Entwicklungsschub. Ab 1969 stellt der VEB Kombinat Robotron Computer, Schreibmaschinen, Drucker, Plotter sowie Mess-, Richtfunk- und Kommunikationstechnik her.

Vorstellung eines Lochstreifenlesegeräts des Kombinats Robotron auf der Leipziger Messe 1972

Die technischen Errungenschaften modernisieren die Arbeitswelt. Die Industrialisierung schreitet voran. Der Absatz der Volkseigenen Betriebe steigt. Von 1961 bis zu unserem Geburtsjahr verdoppelt die Automobilindustrie ihre Umsätze. Trotzdem hinkt das Angebot der Nachfrage hinterher. Bis zu zehn Jahre wartet der Konsument auf einen Neuwagen.

Das Wirtschaftswachstum wird durch die vermehrte Braunkohleförderung begleitet. Dabei entwickelt sich das Lausitzer Braunkohlerevier zum Zentrum der Energiewirtschaft. Das führt zu einer spürbaren Bevölkerungszunahme. Befördert durch den Ausbau des Gaskombinats Schwarze Pumpe, verdoppelt sich in Hoyerswerda binnen eines Jahrzehnts die Einwohnerzahl. In unserem Geburtsjahr zählt die Stadt bald 60 000 Einwohner. In Plattenbauweise wächst die Neustadt. Nach ihrem Vorbild entstehen ab Mitte der 1970er Jahre zahlreiche Neubauviertel.

Auch der Ausbau der Verkehrsinfrastruktur folgt wirtschaftlichen Gesichtspunkten. Ein besonderes Augenmerk liegt auf der Erweiterung des Schienennetzes. Knapp drei Viertel des Güterverkehrs wickelt die Deutsche Reichsbahn ab. Auf der Straße finden lokal begrenzte Güterbewegungen und Personenverkehr statt. Staus sind in der DDR nicht nur aufgrund des im Vergleich zur Bundesrepublik geringeren Angebots an Pkws eine Seltenheit.

1971 wird das Kraftwerk Hagenwerder im Kreis Görlitz ausgebaut, so dass der Abschnitt Völkerfreundschaft III 1974 ans Netz gehen kann. Mit einer Gesamtleistung von 1500 Megawatt zählt Hagenwerder bis zu seiner Stilllegung ab 1991 zu den größten Braunkohlekraftwerken Europas.

Am Fließband

Die fortschreitende Technisierung beeinflusste die Produktionsbedingungen in den VEBs. In vielen Wirtschaftszweigen zogen moderne Industrieanlagen in die Werkshallen ein. Sie erleichterten nicht nur die Arbeit der Werktätigen, sondern sorgten auch für eine Absatzsteigerung. So produzierte der VEB Waschgerätewerk Schwarzenberg Waschtrommeln auf einer Taktstraße. Ab 1974 standen seriell gefertigte Waschvollautomaten in den Geschäften der HO. Der VEB dkk Scharfenstein spezialisierte sich auf die Serienproduktion von Haushaltskühlschränken. Im VEB Plastmaschinenwerk Wiehe bei Halle (Foto) wurden ab 1971 Spritzgussmaschinen am Fließband montiert. Die Erzeugnisse lieferte der Betrieb an sozialistische Staaten, aber auch nach England, Dänemark sowie Schweden.

Alltag 1971

Wirtschaftlich geht es unseren Eltern gut. Im Durchschnitt verdienen sie 600 Mark bei einer Fünf-Tage-Woche, die 1967 einheitlich eingeführt wurde. Die Kosten für Grundnahrungsmittel, Miete, Energie, Fahrkarten und Zeitungen sind staatlich subventioniert und bis 1989 auf niedrigem Niveau. Zusätzlich werden im Rahmen der Feierlichkeiten zum 25. Jahrestag der SED die Renten um maximal 20 Mark erhöht und die Preise für Textilien und Elektrogeräte gesenkt.

So kann man in unserem Geburtsjahr den 130-Liter-Kühlschrank um 150 Mark reduziert für 1.100 Mark erwerben. Das Farbfernsehgerät »Color 20« kostet 3.500 statt 3.750 Mark. Auch wenn derartige »Luxusartikel« im Verhältnis zum Einkommen teuer sind, findet man sie in vielen Haushalten. Genauso wie die Möbel der Deutschen Werkstätten Hellerau. Dort produziert man serienmäßig MDW-Regalsysteme für Wohn-, Schlaf- und Jugendzimmer. Das Porzellan aus Colditz oder Kahla verstaut man in der Sprelacart-Einbauküche.

In den Läden der HO und Konsumgenossenschaften gehen unsere Eltern einkaufen. Selbst in kleinen Orten findet man wenigstens ein Geschäft für die Dinge des täglichen Bedarfs. Wer etwas außer der Reihe möchte, findet besondere Genussmittel in den »Delikat«-Läden. Mangelwaren wie eingeweckte Pfirsiche oder ein Flasche Whiskey stehen dort wie selbstverständlich in den Regalen, seit 1970 auch das bei Kindern beliebte Nudossi. Sogar Westschokolade kann man im »Deli« kaufen, allerdings zum gehobenen Preis von 7 Mark. Ab 1974 dürfen DDR-Bürger mit D-Mark im Intershop einkaufen. Dort finden sie all das, was aus der Werbung des Westfernsehens bekannt ist.

Das erste DDR-Farbfernsehgerät »Color 20« stammt aus dem VEB Fernsehgerätewerk Staßfurt.

Beliebteste Namen

1971

Katrin / Kathrin	**1.**	Thomas
Manuela	**2.**	Jens
Heike	**3.**	Andreas
Annett	**4.**	Frank
Kerstin	**5.**	Michael

Andrea	**6.**	Mario
Anke	**7.**	René
Sabine	**8.**	Sven
Silke	**9.**	Dirk
Simone	**10.**	Torsten / Thorsten

Mode 1971

DDR-Mode 1971

Hose oder Rock? Lang oder kurz? Uni oder bunt? Möglich ist alles! Denn unser Geburtsjahr steht im Zeichen modischer Vielfalt. Die Rocklängen schwingen von Mini über Midi bis Maxi. Auch die Hose kann ausufernd mit Schlag oder eng und knapp getragen werden. Die zu »heißen Höschen« umgetauften Hot Pants lösen nur noch selten Entsetzen aus. Im Straßenbild spiegelt sich bunte Lebensfreude wider. Rosa kürt die Dame zur Farbe der Saison. Die Männer tragen Hemden mit Batik-, Blumen- und Orientmuster. Flowerpower, der Kleidungsstil der US-amerikanischen Hippies, überwindet alle Grenzen. Modisch liegen Ost und West auf einer Linie.

Im Herbst erregt der Poncho Aufmerksamkeit. Für die ursprünglich aus den Anden stammende Mantelvariante greifen Modebewusste zum Strickzeug. Angesichts der Mangelwirtschaft ist es in der DDR Tradition, Kleidung selbst herzustellen. Über eine Nähmaschine der Marke Veritas verfügt fast jeder Haushalt. In die Jahre ge-

Frisuren

In unserem Geburtsjahr rät die Modekommission der Friseure der DDR zur Modelinie »Anja«. Die Frisur verbindet einen jugendlichen Kurzhaarschnitt mit einer lockig frisierten Vorderpartie. Denn Kurzhaarfrisuren, egal in welcher Ausführung, sind bei den Damen angesagt. Dagegen lassen es die Männer wachsen. Mit Vollbart und langem Kopfhaar verkörpern sie den Zeitgeist der Beatniks.

Titelseiten der Modezeitschrift *Sibylle* (1956–1995)

kommene Kleidung passt man kreativ den aktuellen Stilentwicklungen an. Zusätzlich inspirieren die begehrten Schnittmuster der Modezeitschrift *Sibylle* zu einer eigenen Kollektion.

Dagegen reagiert die DDR-Bekleidungsindustrie mit Verspätung auf die neuesten Trends. Erst Mitte der 1970er Jahren werden Niethosen produziert: Die Ostjeans der Marke »Boxer«, »Shanty«, »Goldfuchs« oder »Wisent« sieht immerhin so gut aus, dass Levi's die Gestaltung der Hosentasche zum Plagiat erklärt und den Osten gerichtlich belangen will.

Auf die Römersandalen aus der volkseigenen Produktion haben es die DDR-Beatniks abgesehen. Das aus drei Riemen bestehende luftige Schuhwerk kostet 7,60 Mark und erlangt inoffiziell unter der Bezeichnung »Jesuslatschen« Berühmtheit.

Au revoir!

Gleich zu Beginn des Jahres trägt die Modewelt Schwarz. Am 10. Januar stirbt **Coco Chanel** 87-jährig in Paris. Die Modeschöpferin eröffnete 1909 ihr erstes Geschäft in der französischen Metropole. Sechs Jahre später hatte sie auch Modesalons in Deauville und Biarritz. Ihre Kreationen sorgten nicht nur in Frankreich für Furore. Die amerikanische *Vogue* kürte sie zum Inbegriff der Eleganz. Auch Greta Garbo und Marlene Dietrich bekannten sich als Chanel-Fans. Die schnörkellose Damenkleidung überzeugte durch klare Linienführung und hohen Tragekomfort. Wadenlange Röcke, weit schwingende Hosen und legere, in der Taille geraffte Oberteile wurden zum Sinnbild der modernen Frau. Auch die Kurzhaarfrisur für Damen machte Coco Chanel salonfähig.

Schlager, Stars und Sternchen 1971

Beliebte Chart-Hits
1971

Creedence Clearwater Revival »Hey Tonight«

Lynn Anderson **»Rose Garden«**

George Harrison »My Sweet Lord«

Danyel Gérard »Butterfly«

Middle Of The Road »Chirpy Chirpy Cheep Cheep«

The Sweet »Co-Co«

Peret »Borriquito«

Rolling Stones **»Brown Sugar«**

Pop Tops »Mamy Blue«

T. Rex **»Hot Love«**

Neil Diamond »I am … I Said«

Dave Edmunds »I Hear You Knocking«

Beliebte Schlager
1971

Roy Black & Anita »Schön ist es auf der Welt zu sein«

Peter Alexander »Hier ist ein Mensch«

Klaus Renft Combo **»Zwischen Liebe und Zorn«**

Tony Marshall »Schöne Maid«

Uschi Brüning **»Komm doch zu mir«**

Chris Roberts »Ich bin verliebt in die Liebe«

Joco Dev Sextett »Stapellauf«

Heintje »Schneeglöckchen im Februar, Goldregen im Mai«

Horst-Krüger-Septett **»Als die Sonne kam«**

Am 23. März tritt die neu formierte Klaus-Lenz-Band im Berliner Friedrichstadt-Palast auf. Mit auf der Bühne steht eine besondere Neuentdeckung: Uschi Brüning. Ab 1975 tourt die Jazz- und Soulsängerin mit eigener Band Uschi Brüning & Co.

Amiga Express

1971

Die Reihe **»Amiga Express«** veröffentlicht jedes Jahr die besten Schlager, so auch 1971. Auf der LP finden sich folgende Titel:

A-Seite

Frank Schöbel
»Gold in deinen Augen«

Rosemarie Ambé
»Blasmusik ist Balsam für die Ohren«

Rote Gitarren
»Anna Maria«

Zsuzsa Koncz
»Farbstifte«

Klaus Sommer
»Sterne kann ich tanzen sehn«

Theo Schuhmann Combo
»König Drosselbart«

Regina Thoss
»Rom-ta-rom«

B-Seite

Chris Doerk
»Die Schranke«

Theo Schumann Combo
»Guten Abend, Carolina«

Gerti Möller
»Als die Sonne kam«

Frank Schöbel
»Wie ein Stern«

Ilka Lux
»Ich will dich für mich allein«

Troubadours
»Vera, Vera«

Aurora Lacasa
»Immer wieder diese Liebe«

Lebenslinien

1971 steuert **Aurora Lacasa** erstmalig ein Lied zur beliebten Reihe »Amiga Express« bei. Die Schlagersängerin spanischer Abstammung steht noch nicht lange im Rampenlicht. Drei Jahre zuvor begann die Zusammenarbeit mit der Liedgruppe Oktoberklub. Da ist Lacasa noch als Dolmetscherin für Spanisch und Französisch in der kubanischen Botschaft tätig. Das Angebot des Jugendsenders DT64, eine Ausbildung zur Sängerin zu absolvieren, nimmt sie an. Nachfolgende Auftritte in Fernsehshows wie »Ein Kessel Buntes« machen die gebürtige Pariserin dem breiten Publikum bekannt. Mitte der 1970er Jahre trifft die Musikerin auf Frank Schöbel. Die Schlagerstars verlieben sich, heiraten sich und veröffentlichen 1985 die legendäre Amiga-Schallplatte *Weihnachten in Familie*. Die Ehe hält bis 1996. Heute lebt Lacasa in Wandlitz nahe Berlin.

Igor Strawinsky stirbt am 6. April im Alter von 88 Jahren in New York. Der russische Komponist und Dirigent gilt als bedeutendster Vertreter der Neuen Musik, die die Kunstmusik ab 1910 bis zur Gegenwart umfasst.

Am 6. Juli erleidet **Louis Armstrong** 69-jährig einen Herzinfarkt. Er wird auf dem Flushing Cemetery in Queens (New York) beigesetzt. Der Jazztrompeter, Sänger und Schauspieler erlangte ab Mitte der 1920er Jahre Weltruhm.

Film international 1971

A Clockwork Orange (GB)
Regie: Stanley Kubrick
mit Malcolm McDowell
und Patrick Magee

French Connection – Brennpunkt Brooklyn (USA)
Regie: William Friedkin
mit Gene Hackmann
und Fernando Rey

Vier Fäuste für ein Halleluja (IT)
Regie: Enzo Barboni
mit Terence Hill
und Bud Spencer

Harold und Maude (USA)
Regie: Hal Ashby
mit Bud Cort
und Ruth Gordon

Michel in der Suppenschüssel (SE)
Regie: Olle Hellbom
mit Jahn Ohlsson und Lena Wisborg

Top crime made in GDR

Eines der teuersten DEFA-Projekte wird ***Anflug Alpha 1*** aus dem Jahr 1971. Der Spielfilm unter der Regie von János Veiczi sprengt mit ungefähr vier Millionen Mark das übliche Budget. Normalerweise steht die Hälfte des Geldes zur Verfügung. Grund für die außergewöhnlichen Ausgaben ist das weiter gefasste Ziel, die »Wehrbereitschaft junger Menschen fördern«.

Im Mittelpunkt des Geschehens stehen fünf Männer einer NVA-Fliegerstaffel, die berufliche und private Konflikte durchstehen. Die spektakulären Aufnahmen der Jagdflugzeuge vom Typ MiG-21 heizen zusätzlich an. Das schöne Geschlecht spielt eher eine untergeordnete Rolle. In einer Nebenrolle glänzt Regina Beyer. Als Studentin Anka hält sie ihrem Freund, dem ehrgeizigen Leutnant Dieter Lenz (Klaus-Peter Thiele), die Treue. Die Schauspielerin stand damals auf dem Höhepunkt ihrer Karriere. U. a. sieht man sie in der Reihe »Polizeiruf 110«, deren erste Folge »Der Fall Lisa Murnau« am 27. Juni ausgestrahlt wird und die zu einem der erfolgreichsten DDR-Fernsehformate gerät.

Am 26. August feiert der US-amerikanische Spielfilm ***Love Story*** in der Bundesrepublik Premiere. Die tragische Liebesgeschichte um ein ungleiches Collegepaar, gespielt von Ali MacGraw und Ryan O'Neal, wird zu einem der größten Filmerfolge der frühen 1970er Jahre. Unsterblich und mit einem Oscar gekrönt ist die Titelmelodie von Francis Lai, die bis heute den v. a. weiblichen Fans die Tränen in die Augen treibt.

Beliebte Filme aus Deutschland 1971

Und Jimmy ging zum Regenbogen (Regie: Alfred Vohrer) basiert auf dem gleichnamigen Roman des Bestsellerautors Johannes Mario Simmel. Im Mittelpunkt der Geschichte steht Manuel Aranda, gespielt von Alain Noury, der die Hintergründe der Ermordung seines Vaters aufklären will.

Am 6. September feiert das DEFA-Epos ***Goya – oder der arge Weg der Erkenntnis*** Premiere. Regie führte Konrad Wolf. Die Rolle des spanischen Malers Francisco de Goya übernahm der sowjetische Schauspieler Donatas Banionis. Der beliebte DEFA-Mime Rolf Hoppe (Foto) brilliert als König Karl IV.

In der Spielfilmkomödie ***Der Kapitän*** (Regie: Kurt Hoffmann) heuert ein gestandener Seemann, gespielt von Heinz Rühmann, auf einem illustren Kreuzfahrtschiff an. Dort muss er sich mit einer liebestollen Frau und widerspenstigen Kollegen auseinandersetzen.

Der ***Hausfrauen-Report*** (Regie: Eberhard Schröder) markiert den Auftakt einer Reihe von insgesamt sechs Sexfilmen, die neben der bekannteren Serie *Schulmädchen-Report* in den 1970er Jahren erfolgreich in den bundesdeutschen Kinos laufen.

Mit **Dornröschen** (Regie: Walter Beck) setzt die DEFA die Tradition der Märchenverfilmungen fort. Am 26. März läuft der Film erstmalig auf der großen Leinwand. Mit über viereinhalb Millionen Zuschauern belegt der Film den 23. Platz der erfolgreichsten DDR-Kinohits.

Theater 1971

Am 26. Februar erlebt das Stück *Der Schatten* Premiere im Berliner **Maxim-Gorki-Theater**. Die Märchenkomödie für Erwachsene ist von Jewgeni Schwarz. Regie führt Fritz Bornemann. Szenenfoto mit Jenny Gröllmann als Annunziata, Hilmar Baumann als Gelehrter und Gisela Rimpler als Julia (v. l. n. r.).

Am 6. Mai stirbt die Theaterlegende **Helene Weigel**. Zusammen mit Bertolt Brecht baute sie das Berliner Ensemble nach dem Zweiten Weltkrieg auf. An zahlreichen Inszenierungen, die international Beachtung fanden, wirkte die Schauspielerin und Theaterintendantin mit. Mit der Rolle der Mutter Courage wurde sie unsterblich. Nach ihrem Tod übernimmt die 43-jährige **Ruth Berghaus**, die sich als Choreografin, Opern- und Theaterregisseurin einen Namen gemacht hat, die Intendanz des Berliner Ensembles. Das Handwerk lernte die aus Dresden stammende Berghaus u. a. bei Gret Palucca.

Kunst 1971

In der Staatlichen Kunsthalle Baden-Baden eröffnet am 29. Januar die erste große **Salvador-Dalí-Ausstellung** in der BRD. Der Spanier Dalí zählt zu den einflussreichsten Malern des 20. Jahrhunderts.

Im französischen Limoges stirbt am 1. Februar **Raoul Hausmann** 84-jährig. Der Maler, Fotograf und Dichter gilt als Mitbegründer der Berliner Dada-Bewegung und Pionier der Fotocollage.

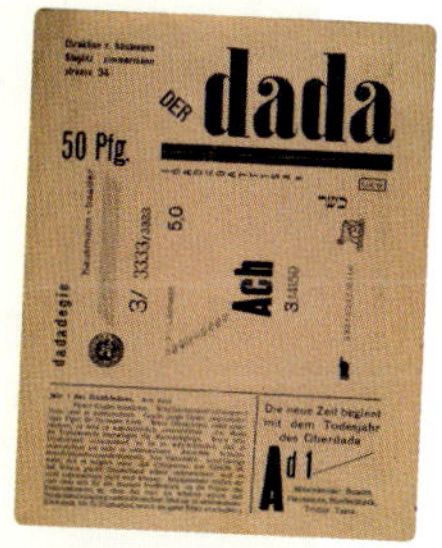

Am 3. Dezember eröffnet im **Haus der Deutsch-Sowjetischen Freundschaft** (DSF) in Berlin-Mitte eine Ausstellung mit Metalltreibarbeiten des georgischen Künstlers Koba Guruli.

In Leipzig beginnt am 6. Dezember die Ausstellung »Chile-Report« mit Fotografien von **Thomas Billhardt**. Der in Chemnitz geborene Reporter ist bekannt durch seine Bildstrecken aus Vietnam, Palästina und Nicaragua. Sein Werk sah man u. a. in London, Paris, Moskau, Prag, Beirut sowie Santiago de Chile. In DDR ehrte man Billhardt 1969 mit dem Kunstpreis, 1987 mit dem Nationalpreis.

Literatur 1971

Am 13. September findet der 38. Kongress des internationalen PEN-Clubs statt. Als ersten Deutschen wählt man Heinrich Böll zum neuen Präsidenten. Zur Feuertaufe wird sein Einsatz für den ostdeutschen Kollegen **Peter Huchel**. Seit dem Mauerbau kritisiert der Lyriker die gesellschaftlichen Entwicklungen und wird mit beruflichen Einschränkungen belegt. Nach der Intervention Bölls und der Westberliner Akademie der Künste darf Huchel ausreisen. Die Villa Massimo in Rom gewährt dem Nationalpreisträger der DDR erstes Asyl, bis sich der Künstler in Staufen im Breisgau niederlässt. Dort stirbt Huchel 1981 im Alter von 78 Jahren.

Neuerscheinungen 1971

Stanisław Lem: *Der futurologische Kongress*

Klaus Schlesinger: *Michael*

John Updike: *Unter dem Astronautenmond*

Fred Wander: *Der siebente Brunnen*

Otfried Preußler: *Krabat*

Aufbruch in eine neue Ära

Die Delegierten des VIII. Parteitags der SED beschließen eine allgemeine Liberalisierung, die auch die Kunst- und Kulturschaffenden betrifft. Ursachen finden sich in der Ablösung Walter Ulbrichts als Ersten Sekretär des ZK der SED und der weltweiten Anerkennung der Souveränität der DDR Anfang der 1970er Jahre. Den Parteitagsbeschluss bestätigt Erich Honecker im Dezember mit einer Rede auf dem 4. ZK-Plenum. Seines Erachtens dürfte es »auf dem Gebiet von Kunst und Literatur keine Tabus geben. Das betrifft die Fragen der inhaltlichen Gestaltung als auch des Stils.« Dieser Freibrief befördert eine Literatur, die durch moderne Erzähltechniken und gesellschaftskritische Themen beeindruckt. Bis heute zeugen davon Werke wie Ulrich Plenzdorfs *Die neuen Leiden des jungen W.* (1972), Christa Wolfs *Kindheitsmuster* (1976) oder Christoph Heins *Der fremde Freund* (1972).

Das Werk von Christa Wolf steht beispielhaft für den avantgardistischen Anspruch der DDR-Literatur.

Dies und das
1971

Am 1. Januar verbietet die US-Regierung Zigarettenwerbung im Fernsehen. Am 2. Januar tritt ein Verbot für den Hörfunk in den USA in Kraft. Die alarmierenden WHO-Studien über die Gefahren des Tabakkonsums setzen die Regierenden weltweit unter Druck. 1974 beschließt der Bundestag ein Werbeverbot für Fernsehen und Hörfunk in der BRD. Ab 2007 ist Tabakreklame in Zeitungen, Zeitschriften sowie im Internet verboten, und über die Kinoleinwand darf der **Marlboro-Mann** erst nach 18 Uhr reiten.

Am 27. Dezember eröffnet die **weltweit erste Samenbank** für menschliche Spermien in New York (USA).

Am 24. November besteigt ein seriös wirkender Passagier in Portland (Oregon) eine Boeing 727. Nach Abheben der Maschine weist er die Stewardess auf eine mit Drähten und roten Stangen gefüllte Tasche hin. Eingeschüchtert informiert diese das Cockpit über eine Bombe. Der Entführer fordert vier Fallschirme und 200.000 Dollar. Nach Landung und Aushändigung des Lösegelds verbleiben der Pilot, der Copilot, die Stewardess und der Entführer an Bord. Sie heben mit relativ niedriger Geschwindigkeit ab. Der unter dem Pseudonym D. B. Cooper berühmt gewordene **Flugzeugentführer** springt mit dem Geld über der mexikanischen Grenze ab. Das FBI stellt die Ermittlungen nach 45 Jahren ein.

Am 9. Oktober 1971 erhält Karl-Marx-Stadt ein neues Wahrzeichen. Entworfen von dem sowjetischen Künstler Lew Kerbel, imponiert das **Karl-Marx-Monument** inklusive Sockel mit einer Höhe von 13 Metern. Der Volksmund tauft den aus 95 Einzelteilen bestehenden Bronzekopf »Nischl«.

Geburtstage 1971

Geburtstage
berühmter Persönlichkeiten

Zu unserem Geburtsjahrgang gehören beeindruckende Menschen, die uns in den nächsten Jahrzehnten medial begleiten werden. Einige von ihnen stammen wie wir aus der DDR. Wir nehmen Anteil an ihrer Passion als Künstler, Sportlerin, Unternehmer, Politikerin, Aktivist oder Königin. Durch die Medien sind uns nicht nur Erfolge und Niederlagen, sondern auch Klatsch und Tratsch bekannt. Zwei Ausnahmetalente scheiden unter tragischen Umständen vorzeitig aus dem Leben. Darunter Frank Giering, der erste Schauspielerfahrungen am Theater in seiner Heimatstadt Magdeburg sammelte. Vielen ist er als Floyd in *Absolute Giganten* bis heute unvergesslich. Er stirbt 38-jährig vermutlich an den Folgen einer akuten Gallenkolik.

07.01.
DJ Ötzi

09.01.
Ralf Zacherl

26.01.
Rick Kavanian

31.01.
Volker Michalowski
SCHAUSPIELER

03.02.
Sarah Kane (†20.02.1999)

05.02.
Terézia Mora

01.03.
Tylor Hamilton

11.03.
Steffen Wesemann
EHEM. RADRENNFAHRER

13.03.
Berrit Arnold
SCHAUSPIELERIN

21.03.
Dirk von Lowtzow

27.03.
David Coulthard

31.03.
Ewan McGregor

02.04.
Alexander Duszat alias Elton

11.04.
Oliver Riedel
RAMMSTEIN-BASSIST

12.04.
Shannen Doherty

14.04.
Rainald Grebe

16.04.
Sven Fischer
OLYMPIASIEGER IN BIATHLON

04.05.
Florian Illies

14.05.
Sofia Coppola

17.05.
Máxima,
Königin der
Niederlande

05.06.
Mark Wahlberg

28.06.
Elon Musk

01.07.
Missy Elliott

03.07.
Julian Assange

16.07.
Bibiane Beglau

21.07.
Charlotte Gainsbourg

25.07.
Thomas Koch
SCHAUSPIELER

12.08.
Pete Sampras

13.08.
Moritz Bleibtreu
Heike Makatsch

03.09.
Peter Fox

13.09.
Richard Ashcroft

13.09.
Stella McCartney

17.09.
Jens Voigt
EHEM. RADRENN-FAHRER

02.10.
Xavier Naidoo

13.10.
Sebastian Fitzek

15.10.
Niko Kovač

20.10.
Snoop Dogg

29.10.
Winona Ryder

18.11.
Ilka Bessin aka Cindy aus Marzahn

23.11.
Frank Giering
(† 23.06.2010)
SCHAU-SPIELER

16.12.
Paul van Dyk
DJ

24.12.
Ricky Martin

Sport
1971

Sportereignisse
1971

In unserem Geburtsjahr halten die Sportfans bei zahlreichen Anlässen den Atem an. Die DDR-Athleten überzeugen nicht nur das heimische Publikum. Im internationalen Vergleich beweisen sie, dass sie gegen die Besten der Welt bestehen können. Seit Gründung der DDR erfährt die Sportförderung eine per Verfassung garantierte Aufmerksamkeit. Sport spielt im Leben der DDR-Bürger eine große Rolle. Turnhallen, Bolzplätze und Schwimmbäder werden rege besucht. Staatlich geförderte Sportvereine und Betriebssportgemeinschaften verbuchen hohe Mitgliederzahlen. Ob als Aktiver oder Zuschauer, der Sport bringt die Menschen zusammen. Grund zum Jubeln gibt es genug.

Wintersport
Am 13. und 14. März finden in Oberhof zu den 14. DDR-Meisterschaften die Besten des Biathlons zusammen. **Dieter Speer** von der SG Dynamo Zinnwald erfährt besondere Aufmerksamkeit. Eine Woche zuvor hatte er im finnischen Hämeenlinna bei den Biathlon-Weltmeisterschaften Gold im Einzelwettbewerb über 20 km gewonnen.

Bei der **Vierschanzentournee 1970/71** kann der Norweger Ingolf Mork auf drei der vier Schanzen gewinnen, wird aber nur Zweiter in der Gesamtwertung. Den Tourneesieg holte der Tschechoslowake Jiří Raška.

Bei den 63. **Eiskunstlauf-Europameisterschaften** in Zürich landen Jan Hoffmann und Sonja Morgenstern im Einzel auf dem vierten Platz. Auch die Paarläufer Manuela Groß und Uwe Kagelmann müssen sich mit der Blechmedaille zufriedengeben.

Fußball

Die **DDR-Oberliga** dominiert die SG Dynamo Dresden. Bereits am 23. Spieltag liegt der Verein uneinholbar vor dem FC Carl Zeiss Jena. Torschützenkönig wird **Hans-Jürgen Kreische**. Der Mittelfeldspieler der SG Dynamo Dresden schießt auch in der Nationalmannschaft zwischen 1968 und 1975 in 50 Länderspielen 25 Tore.

Am vorletzten Spieltag der **Bundesliga** liegen der FC Bayern München und Titelverteidiger Borussia Mönchengladbach punktgleich. Mit einem Treffer Vorsprung für die Bayern. Am letzten Spieltag verliert Bayern gegen Duisburg, während Mönchengladbach einen 4:1 Sieg in Frankfurt erringt und Deutscher Meister wird.

Ein **Bestechungsskandal** erschüttert die Fußballwelt. Am 6. Juni enthüllt der Vereinspräsident des Absteigers Kickers Offenbach, dass Arminia Bielefeld und Rot-Weiß Oberhausen durch Geldzuwendungen Spiele der Bundesliga manipuliert haben. Als Folge verliert Bielefeld in der nachfolgenden Saison seine Spiellizenz; mehrere Spieler, Trainer sowie Offizielle erhalten lebenslange Sperren.

Radsport

Die 24. **Internationale Friedensfahrt** führt vom 6. bis 21. Mai in 14 Etappen und bei einer Gesamtlänge von 1895 km von Warschau über Berlin nach Prag. Es nehmen 117 Amateurrennfahrer aus 17 Ländern teil. Auf dem Foto kreuzt das Fahrerfeld mit dem Spitzenreiter des Rennens im Gelben Trikot, dem Polen Ryszard Szurkowski, auf einer Etappe einen Ort in der DDR. Am Tourende führt der Pole die Gesamtwertung weiter an. Auf dem 2. Platz landet sein Landsmann Zenon Czechowski. Dritter wird Anatoli Starkow aus der UdSSR, die auch die Mannschaftswertung gewinnt.

Boxen

In Halle an der Saale findet vom 18. bis 22. August das II. Internationale Turnier um den **Chemiepokal** statt. An dem Wettbewerb nehmen Boxer aus 14 Ländern teil. Den Finalkampf im Weltergewicht bis 67 kg bestreitet DDR-Boxer Manfred Weidner gegen seinen Dauerkontrahenten aus dem eigenen Land, Peter Spilski. Manfred Weidner gewinnt knapp nach Punkten.

Am 8. März findet ein **Jahrhundertkampf** statt. Die Schwergewichtsboxlegenden Joe Frazier und Muhammad Ali treffen im New Yorker Madison Square Garden aufeinander. Ali muss heftige Schläge an Kopf sowie Leber einstecken und steht mehrfach vor einem K. o. Er kann sich bis zur letzten Runde retten, doch Frazier gewinnt klar nach Punkten und verteidigt seinen Weltmeistertitel. Dennoch war es auch ein Sieg für Ali: Nach vierjähriger Durststrecke eroberte er die Herzen der Fans zurück.

Leichtathletik
Vom 10. bis 15. August finden in Helsinki **Europameisterschaften** statt. Am Ende der Wettkämpfe führt die DDR den Medaillenspiegel der Mannschaftswertung an. Insgesamt 12 Gold-, 13 Silber- und 7 Bronzemedaillen können die DDR-Athleten verbuchen. Der Stabhochspringer Wolfgang Nordwig vom SC Motor Jena freut sich über den dritten Titel in Folge. Seit 1966 ist er als Europameister ungeschlagen, wie Ausnahmeathletin **Karin Balzer**, die ihren Titel über 100 m Hürden erfolgreich verteidigen kann.

Leichtathletik-Weltrekorde

Renate Stecher (DDR) sprintet die 100 m in 11,0 s – neuer Weltrekord.

Bei den Europameisterschaften in Helsinki stellt **Karin Burneleit** (DDR) einen neuen Weltrekord über 1500 m auf. Mit einer Zeit von 4:09,6 min ist sie nicht nur die Schnellste, sondern darf sich auch über die Goldmedaille freuen.

Am 31. Juli überquert **Karin Balzer** (DDR) die 100 m Hürden in 12,6 s. Damit knackt sie ihren eigenen Weltrekord.

Am 4. September stellt der kubanische Athlet **Pedro Pérez** einen neuen Weltrekord im Dreisprung auf. Er erzielt eine Weite von 17,40 m.

Ebenfalls am 4. September erreicht der Hammerwerfer **Walter Schmidt** (BRD) 76,40 m.

Schwimmen

Am 3. und 4. September findet in Leipzig der erste **Schwimm-Länderkampf** zwischen der DDR und den USA statt. Der Publikumsmagnet ist der 21-jährige US-amerikanische Weltklasseschwimmer und Olympiasieger Mark Spitz.

Ereignisse 1972–1981

Unser erstes Lebensjahrzehnt

In unserem ersten Lebensjahrzehnt entwickelt sich die DDR zu einem international anerkannten Land. Sogar zu den USA entstehen diplomatische Beziehungen. Neben der positiven außenpolitischen Bilanz steht die DDR im eigenen Land unter Druck. Die Zugeständnisse an die Kulturschaffenden werden durch die Ausbürgerung des Liedermachers Wolf Biermann ausgehöhlt. Durch eine engagierte Sozialpolitik versucht die Regierung den Unmut der Bevölkerung zu beschwichtigen. Die Lebensverhältnisse bleiben zwar hinter den Erwartungen vieler DDR-Bürger zurück, aber verglichen mit anderen RGW-Staaten befindet sich der Lebensstandard in der DDR auf einem hohen Niveau.

1972

29.01.
Erste Sendung »Ein Kessel Buntes«

11.02.
Umbenennung des Deutschen Fernsehfunks in »Fernsehen der DDR«

09.03.
Beschluss der Volkskammer für eine Fristenlösung beim Schwangerschaftsabbruch

18.05.
Uraufführung von Ulrich Plenzdorfs *Die neuen Leiden des jungen W.* im Landestheater Halle

14.08.
Absturz einer Iljuschin IL-62 der Interflug über Königs Wusterhausen. Alle 156 Insassen sterben.

06.10.
Etwa 32 000 politische und kriminelle Straftäter werden mit einer Amnestie aus DDR-Gefängnissen entlassen.

20.12.
Die Schweiz erkennt die DDR an.

1973

02.02.
Beitritt der DDR zum »Wiener Übereinkommen über diplomatische Beziehungen«

09.02.
Großbritannien und Frankreich nehmen diplomatische Beziehungen zur DDR auf.

29.04.
Filmpremiere von ***Die Legende von Paul und Paula*** (Regie: Heiner Carow) mit Angelica Domröse und Winfried Glatzeder in den Hauptrollen. Das Drehbruch stammt von Carow und Plenzdorf.

21.06.
Der im Dezember 1972 unterzeichnete Vertrag über die Grundlagen der Beziehungen zwischen der Bundesrepublik und der Deutschen Demokratischen Republik tritt in Kraft.

01.08.
Tod Walter Ulbrichts

18.09.
DDR und BRD werden als Mitglieder in die UNO aufgenommen.

02.11.
Grundsteinlegung für den **Palast der Republik** in Berlin

19.12.
DDR-Bürger dürfen mit westlicher Währung im Intershop einkaufen.

1974

01.01.
Das Kfz-Kennzeichen »DDR« ersetzt das bisherige »D«.

10.01.
Egon Krenz wird Erster Sekretär des Zentralrats der FDJ.

24.04.
Verhaftung von Günter Guillaume, des persönlichen Referenten Willy Brandts, wegen Spionage für die DDR

04.09.
Die USA nehmen diplomatische Beziehungen zur DDR auf.

22.06.
Bei der Fußballweltmeisterschaft besiegt die DDR mit 1:0 die BRD. Das Tor erzielt **Jürgen Sparwasser** vom 1. FC Magdeburg.

19.10.
Die Urlaubszeit wird von 15 auf 18 Tage im Jahr verlängert, Schichtarbeiter erhalten 21 Urlaubstage.

1975

17.04.
Kino-Premiere des DEFA-Films *Jakob der Lügner* (Regie: Frank Beyer) nach einem Roman von Jurek Becker

01.08.
Erich Honecker und Helmut Schmidt unterzeichnen die Schlussakte der Konferenz über Sicherheit und Zusammenarbeit in Europa (KSZE).

22.09.
Verbot der **Klaus Renft Combo**

05.12.
Günter Guillaume wird wegen Spionage für die DDR zu 13 Jahren Haft verurteilt.

1976

23.04.
Eröffnung des Palasts der Republik

22.05.
Erich Honecker wird Generalsekretär der SED.

30.07.
Erhöhung des Mindestlohns von 350 auf 400 Mark

18.08.
Selbstverbrennung des evangelischen Pfarrers **Oskar Brüsewitz** in Zeitz

29.10.
Erich Honecker wird Staatsratsvorsitzender.

03.11.
Ausschluss von Reiner Kunze aus dem Schriftstellerverband der DDR

16.11.
Während einer Konzertreise von Wolf Biermann ins Ruhrgebiet beschließt die DDR-Führung, dem Liedermacher die Rückkehr zu verweigern und ihn auszubürgern.

1977

02./03.04.
Eine kubanische Delegation unter Leitung von Fidel Castro besucht Berlin.

07.04.
Generalbundesanwalt Siegfried Buback wird zusammen mit seinem Fahrer in Karlsruhe auf offener Straße von RAF-Terroristen erschossen.

16.06.
Leonid Breschnew übernimmt neben dem Amt des Generalsekretärs der KPdSU auch das des Staatspräsidenten.

20.06.
Manfred Krug siedelt mit seiner Familie in die Bundesrepublik über.

11.01.
Die Volkspolizei behindert DDR-Bürger, die die **Ständige Vertretung der BRD** in der Hannoverschen Straße in Berlin-Mitte aufsuchen wollen. Ziel ist die Verhinderung von Ausreisen.

25.06.
Mit der Grundsteinlegung beginnt in Dresden der Wiederaufbau der im Zweiten Weltkrieg fast völlig zerstörten Semperoper. Acht Jahre später wird sie mit Carl Maria von Webers *Der Freischütz* eingeweiht.

16.08.
Elvis Presley stirbt in Memphis/Tennessee an Herzversagen.

23.08.
Verhaftung des Regimekritikers Rudolf Bahro wegen der Veröffentlichung von Auszügen aus seinem Buch *Die Alternative* in der BRD sowie des Vorwurfs nachrichtendienstlicher Tätigkeit

07.10.
In Berlin kommt es auf dem **Alexanderplatz** im Rahmen der Festveranstaltungen zum Nationalfeiertag der DDR zu schweren Zusammenstößen zwischen Jugendlichen und der Volkspolizei.

1978

10.01.
Weil das Magazin *Der Spiegel* am 2. Januar das vermeintliche »Manifest des Bundes Demokratischer Kommunisten Deutschlands« aus den eigenen Reihen der SED veröffentlichte, wird das Ostberliner *Spiegel*-Büro geschlossen.

30.03.
Der österreichische Bundeskanzler Bruno Kreisky besucht als erster westlicher Regierungschef die DDR.

07.06.
Unter der Leitung von Jassir Arafat besucht eine Delegation der PLO die DDR.

05.–08.06.
Eine Staatsdelegation aus der DDR besucht Paris zu Gesprächen über Wirtschaftsbeziehungen.

30.06.
Rudolf Bahro wird wegen »geheimdienstlicher Verbindungsaufnahme« zu acht Jahren Haft verurteilt.

26.08.
Sigmund Jähn ist der erste Deutsche im All. Er fliegt in der »Sojus 31« zur Orbitalstation »Saljut 6« und umkreist eine Woche lang die Erde.

16.09.
Zwei Familien aus dem thüringischen Pößneck gelingt die Flucht aus der DDR nach Westdeutschland mit einem selbstgebauten Heißluftballon.

27.09.
Eröffnung des größten und modernsten *Centrum*-Warenhauses am Berliner Ostbahnhof

26./27.10.
Staatsbesuch des DDR-Außenministers Oskar Fischer in Italien

1979

08.–21.01.
Staatsbesuch von Erich Honecker und Willi Stoph in Indien

01.02.
Ajatollah Chomeini kehrt nach 15 Jahren Exil zurück in den Iran.

13.08.
Die *Cap Anamur* nimmt die ersten vietnamesischen Flüchtlinge aus dem Chinesischen Meer auf. In einer siebenjährigen Rettungsaktion gehen über 11 000 Menschen an Bord.

04.–08.10.
Leonid Breschnew besucht die DDR. Am 5. Oktober kommt es zum berühmt gewordenen **Bruderkuss** zwischen Honecker und Breschnew.

10.11.
Amnestie und Haftentlassung für mehr als 20 000 Strafgefangene anlässlich des 30. Jahrestags der DDR, darunter Rudolf Bahro. Wenige Tage später reist er in die BRD aus.

18.12.
Die UNO verabschiedet das Übereinkommen zur Beseitigung jeder Form von Diskriminierung der Frau.

1980

01.01.
Die DDR wird für zwei Jahre Mitglied des UN-Sicherheitsrats.

14.04.
Vietnam entsendet nach einer Vereinbarung vietnamesische Vertragsarbeiter in die DDR.

04.11.
Ronald Reagan wird 40. Präsident der Vereinigten Staaten von Amerika.

10.11.
Staatsbesuch Erich Honeckers in Österreich

1981

19.03.
Die wirtschaftliche Situation zwingt die Sowjetunion zur Kürzung der Erdöllieferung an die RGW-Staaten. Das betrifft auch die DDR.

14.06.
Bei den **Volkskammerwahlen** erzielen nach offiziellen Angaben die Kandidaten der Einheitsliste 99,86 Prozent der Stimmen.

09.08.
US-Präsident Reagans Ankündigung zum Bau einer Neutronenbombe löst weltweit Kritik aus.

01.10.
Der wegen Spionage verurteilte Günter Guillaume kehrt im Rahmen eines Agentenaustauschs in die DDR zurück.

19./20.11.
Verabschiedung des Fünfjahresplans durch das Zentralkomitee der SED

11.–13.12.
Zum dritten innerdeutschen Gipfeltreffen reist Helmut Schmidt in die DDR. Dort trifft er im Schloss Hubertusstock am Werbellinsee zu Gesprächen auf Erich Honecker.

Unsere Kindheit

Ostberlin, um 1975: Eine Mutter liest mit ihrer Tochter in d S-Bahn *Ferdinand, der Stier* von Munro Leaf.

Wir verleben eine sorgenfreie Kindheit. Der wirtschaftliche Aufschwung in der DDR kommt auch in unserer Familie an. Unsere Eltern arbeiten in der Regel 43,75 Stunden und können am Ende des Monats etwas Geld zurücklegen. Ab den 1970er Jahren entsteht in der DDR eine Konsumgesellschaft, in der die Anschaffung technischer Geräte wie Fernseher, Schallplattenspieler, Kühlschrank und Waschmaschine zwar kostspielig, aber selbstverständlich ist. So gehen wir nach dem »Abendgruß« zu Bett, der seit 1959 täglich im DDR-Fernsehen läuft. Wenn unsere Mutter nicht zu erschöpft von der Arbeit und Haushaltsführung ist, liest sie uns eine Geschichte vor.

Bücher spielen für uns früh eine wichtige Rolle. Die Texte und Illustrationen der irischstämmigen, in Berlin lebenden Kinderbuchautorin Elizabeth Shaw bereichern unsere Kindheit. »Der kleine Angsthase« (1963), »Die Schildkröte hat Geburtstag« (1965) oder »Bettina bummelt« (1971) werden unsere ersten Lieblingsbücher. Später begeistern wir uns für Alexander Wolkows Erzählung *Der Zauberer der Smaragdenstadt* und die fünf Folgebände seiner Zauberland-Abenteuer.

An Kinderlektüre gibt es also keinen Mangel. Der Berliner Kinderbuchverlag publiziert zwischen 1949 und 1989 rund 300 Millionen Bücher, die zum Teil aus der Feder namhafter Autoren wie Bertolt Brecht, Erwin

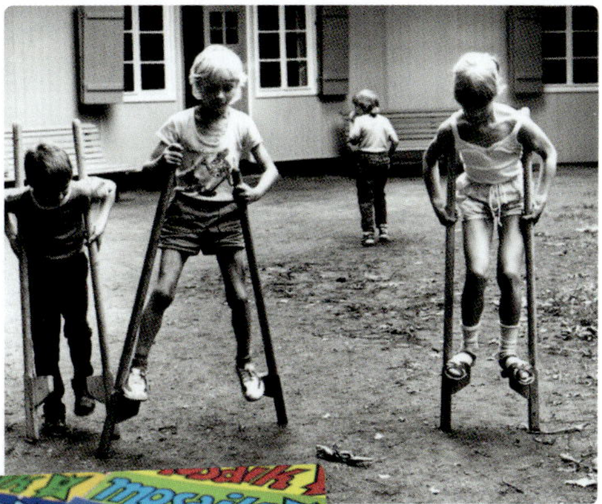

Strittmatter, Peter Hacks oder Rainer Kirsch stammen. In jedem Kinderzimmer stehen Dutzende der kleinen Trompeterbücher. Die Kinderbuchreihe präsentiert Geschichten von den Brüdern Grimm über Leo Tolstoi bis Franz Fühmann.

Zusätzlich ist am Zeitungskiosk ein buntes Unterhaltungsangebot ausgelegt. In der Comic-Reihe *Mosaik* lesen wir jeden Monat die neuesten Abenteuer der Digedags. Weiterhin vertreiben wir uns mit der *Bummi*, der *ABC-Zeitung* oder der *Frösi* die Zeit.

Den Großteil unserer Freizeit verbringen wir im Freien. Wir sind mit Roller, Fahrrad, Puppenwagen und sogar auf Stelzen unterwegs. Im Winter gehören Schlitten, Ski oder Gleitschuhe zu unserer Ausstattung. Sobald es Sommer wird, toben wir ausgelassen im Freibad.

Im Kindergarten wird unsere Kreativität gefördert, so dass wir zu Weihnachten unseren Eltern einen Papierstern oder eine aus Watte hergestellte Schneeflocken-Girlande schenken können. Unsere eigenen Wünsche schreiben wir auf eine Liste: Puppen, Autos, Metallbaukästen, Cowboy- und Indianerfiguren, Eisenbahnen oder Kaufmannsläden. Zu Heiligabend kommt der Weihnachtsmann. Wir singen ein Lied, spielen ein Instrument oder sagen ein Gedicht auf. Anschließend werden wir reich beschenkt und schlagen uns die Bäuche mit Schokolade, Nüssen oder Kuba-Apfelsinen voll. Im Kreis der Familie amüsieren wir uns nicht nur an Feiertagen mit Gesellschaftsspielen wie »Mensch ärgere dich nicht« oder »Halma«.

Fernsehen

Im Kinderfernsehen der DDR erfuhr das Puppenspiel besondere Aufmerksamkeit. Täglich erlebte das Sandmännchen im »Abendgruß« seinen großen Auftritt. Ihm zur Seite standen **Pittiplatsch und Schnatterinchen**, Herr Fuchs und Frau Elster sowie Frau Puppendoktor Pille. Die Figuren traf man bei Meister Nadelöhr in »Zu Besuch im Märchenland« wieder. Ab 1982 stand »Das Spielhaus« mit Abenteuern des Katers Casimir und des Wolkenschafs Schlapperplapper auf dem Programm.

Als weitere TV-Höhepunkte galten Trickfilme. Die erste Folge der sowjetische Zeichentrickserie **»Hase und Wolf«** (Originaltitel: »Nu, pogodi!«) lief 1969. Von nun an lachten Generationen von Kindern über den Wolf, der stets erfolglos nach dem Hasen jagte. »Der kleine Maulwurf« wurde 1957 vom Prager Zeichner Zdeněk Miler erschaffen. Im DDR-Fernsehen begeisterte er als Beitrag im »Abendgruß«. Anfang der 1980er Jahre produzierten die ungarischen Filmstudios »Pom Pom«. Das in seiner Gestalt wandelbare Fabelwesen begleitete als Perücke, Handschuh oder Pinsel den Alltag des Schulmädchens Schleifchen. Seit den 1980er Jahren lief die Reihe »Alles Trick« über die Mattscheibe, mit der die beliebten Trickfilme einen festen Sendeplatz bekamen.

Weiterhin erfreute das DDR-Fernsehen die Kleinen mit Sendungen wie »Hoppla«, »Mach mit, mach's nach, mach's besser« oder »Die Flimmerstunde«.

Unsere Schule

In der Regel kommen wir im Alter von sechs Jahren in die Schule. Zum neuen Lebensabschnitt schenken uns die Eltern eine Zuckertüte, in der Süßigkeiten, Kugelschreiber, Federmappe und Hefte stecken. Zur ersten Pause packen wir die Brotbüchse aus. Zusätzlich erhalten wir eine Trinkmilch von der Schule. Die Kosten für die Schulspeisung übernimmt anteilig der Staat, so dass unsere Eltern ungefähr 55 Pfennig pro Portion zahlen. Alle Lehrbücher können entliehen werden. Entscheidet man sich zum Kauf, kostet ein Buch durchschnittlich 2,13 Mark.

Seit Bestehen der DDR steigen die Ausgaben des Staatshaushalts für Bildung kontinuierlich. Ein zentrales Anliegen ist der Erhalt wohnortnaher Schulen und der Ausbau von Sportstätten. So entstehen zwischen 1971 und 1989 mehr als 2600 Sporthallen. Viele von uns treten einem Sportverein bei. Neben dem regelmäßigen Training finden am Wochenende Wettkämpfe sowie Kinder- und Jugendspartakiaden statt.

Zum Pioniergeburtstag am 13. Dezember feiern wir unsere Aufnahme in den Kreis der Jungpioniere. Ab sofort tragen wir zu besonderen Anlässen das blaue Halstuch, eine weiße Bluse mit aufgenähtem Emblem, einen dunkelblauen Rock oder eine dunkelblaue Hose sowie ein Käppi.

Zum Unterrichtsbeginn oder Fahnenappell grüßen uns die Lehrer mit: »Seid bereit!« Darauf entgegnen wir mit zum Piониergruß erhobener Hand: »Immer bereit!« In der vierten Klasse tauschen wir das blaue Halstuch gegen ein rotes ein. Nun sind wir Thälmannpioniere. Mit 14 Jahren treten wir der Organisation Freie Deutsche Jugend (FDJ) bei.

Wir lernen Deutsch und Mathematik ab der ersten Klasse sowie Naturwissenschaften ab der Mittelstufe. Im Musikunterricht trällern wir sozialistische Lieder wie »Der kleine Trompeter«, »Kleine weiße Friedenstaube« oder »Ich trage eine Fahne«.

Das polytechnische Ausbildungsziel erfährt besondere Aufmerksamkeit. Werkunterricht und Schulgarten stehen ab der 1. Klasse auf dem Lehrplan. ESP (Einführung in die sozialistische Produktion), TZ (Technisches Zeichen) und PA (Produktive Arbeit) beginnen mit dem siebten Schuljahr. Ab 1978 findet in der 9. und 10. Klasse ein verbindlicher Wehrunterricht statt.

Mit der ersten Fremdsprache (Russisch) beginnen wir in der fünften Klasse. Fakultativ können wir eine weitere Fremdsprache und Nadelarbeit belegen. In der Regel besuchen wir alle gemeinsam bis zur 10. Klasse die Schule, um anschließend eine Lehre aufzunehmen. Ungefähr 15 Prozent der Schüler besuchen die EOS (Erweiterte Oberschule) und erhalten staatliche Ausbildungshilfe.

Die Sommerferien dauern acht Wochen. Manche Klassenkameraden nehmen an einem kostenlosen Pionier- oder Ferienlager teil. Wer Glück hat, reist mit seinen Eltern an die Ostsee.

Öko macht Schule

In den 1960er Jahren führte die DDR ein Mehrwegsystem für Wertstoffe ein. Statt zum Mülleimer trug man Altpapier, Flaschen, Gläser oder Schrott zur SERO-Annahmestelle. Die Ausbeute verarbeitete der VEB Kombinat Sekundär-Rohstofferfassung. Im Vergleich zum Recycling der BRD erreichte SERO einen höheren Wertstoff-Rückführungsgrad. Aushängeschild des Betriebs war das Maskottchen Emmy, das neben der Aussicht auf eine Taschengelderhöhung die Kinder zum Sammeln motivierte. Für ein Kilogramm Zeitung gab es 30 Pfennig. Je abgegebener Flasche konnte man zwischen 5 und 20 Pfennig ergattern. Im Rahmen von Veranstaltungen der Pionierorganisation zog man im Klassenverband von Tür zu Tür. Den gesammelten Erlös spendete man an wohltätige Zwecke wie den Wiederaufbau Vietnams.

Unsere Jugend

Mit einem Festakt werden wir im Alter von 14 Jahren in die Welt der Erwachsenen aufgenommen. Die Jugendweihe findet im Kulturhaus statt. Wir Mädchen tragen ein Kleid oder einen Rock. Stöckelschuhe vervollständigen die elegante Erscheinung. Wir Jungen kommen im Anzug. Sogar eine Krawatte baumelt vom Hals. Während ein Festprogramm durch die Veranstaltung führt, stärken uns unsere Eltern den Rücken. Musikalische Beiträge, offizielle Ansprachen und unser Gelöbnis, das die Treue zum sozialistischen Staat erklärt, sorgen für Unterhaltung. Anschließend erhalten wir einen Blumenstrauß und das Buch *Vom Sinn unseres Lebens*. Von nun an siezen uns die Lehrer.

Am Nachmittag stehen Kaffee und Kuchen auf dem Tisch. Die Verwandtschaft gratuliert und überreicht Briefumschläge, in denen eine Glückwunschkarte und Geld stecken. Damit können wir uns langgehegte Wünsche erfüllen. Eine Simson, ein Kassettenrekorder oder Amiga-Platten stehen hoch im Kurs. Sobald es dunkel wird, ziehen wir um die Häuser. Zusammen mit unseren Freunden lassen wir die Korken knallen. Ausgelassenes Lachen, der erste Flirt und Zuversicht erhellen die Nacht. Wir freuen uns auf den neuen Lebensabschnitt.

Pop, Rock, Punk und Dark

Musikalisch genießen wir Freiheit. Auch englischsprachige Lieder gehören zum Repertoire des Jugendsenders DT64. Nicht nur so bekommen wir mit, was drüben angesagt ist. Viele empfangen Westfernsehen und verfolgen die Musikvideosendung »Formel Eins«, die ab 1983 in den Dritten Programmen der ARD läuft. Mit etwas Glück schicken uns unsere

Westverwandten die Jugendzeitschrift *Bravo*. Mit den Postern tapezieren wir unser Zimmer.

Viele unserer Idole stammen aus den USA. Hautnah erleben wir, wie Madonna, Michael Jackson und Prince in den Pop-Olymp aufsteigen. Das legendäre Depeche-Mode-Album *People are People* (1984) wird zum Soundtrack unserer Jugend. Das Erscheinungsbild der englischen Synthie-Pop-Gruppe sowie die Einflüsse von The Cure, The Sisters of Mercy oder Bauhaus machen Schwarz zur Modefarbe und die Grufti-Bewegung salonfähig. Selbst die Jungen umranden ihre Augen mit dunklem Kajalstift und tragen lange, düster wirkende Mäntel. Die Haare toupieren Mädchen wie Jungen in alle Himmelsrichtungen.

Nicht nur modisch setzt der Ostpunk einen Kontrapunkt zum DDR-Establishment. Bands wie Namenlos, Planlos, Unerwünscht, Restbestand, Wutanfall und Schleimkeim stehen beispielhaft für eine Subkultur, die sich gegen das System in Stellung bringt. Die Konzerte finden meist in der Obhut der evangelischen Kirche statt und werden nicht nur von Fans besucht. Die Staatssicherheit mischt sich unter die begeisterten, wild gekleideten Massen und protokolliert.

Dass der Schlager nicht tot ist, beweisen Künstler wie Inka. Ihr Album *Spielverderber* stürmt 1984 die DDR-Hitparade. Zu diesem Zeitpunkt ist die Sängerin 16 Jahre alt. Musikgruppen wie Puhdys, Karat, City und Silly genießen im Osten Kultstatus und werden generationsübergreifend gehört.

»Elf 99«

Kurz bevor die Lichter der Fernsehstudios in Berlin-Adlershof ausgingen, schaffte es die Jugendsendung »Elf 99« in das Programm. Am 1. September 1989 feierte das zweistündige TV-Format mit einer Mischung aus Nachrichten, Sportberichten und Musikvideos Premiere. Die Ausstrahlung einer Fernsehserie zog zusätzlich Publikum an. Den Auftakt gab »Dirty Dancing«, eine Adaption des Kultfilms. In der Wendezeit erzielte »Elf 99« hohe Einschaltquoten. Das Moderatoren-Team (v. l. n. r.: Ines Krüger, Thomas Riedel, Steffen Twardowski, Victoria Herrmann) traf mit seinen Beiträgen den Nerv der Zeit. Nach der Wiedervereinigung wechselte »Elf 99« zu verschiedenen Sendern, bis es am 26. März 1994 eingestellt wurde.

Wir als junge Erwachsene

Unsere Volljährigkeit erreichen wir 1989. Zeitgleich erleben wir Weltgeschichte. Zuerst gehen die Menschen in Leipzig auf die Straße. Bald folgen wir ihrem Vorbild. Vereint im friedlichen Protest setzen wir uns für die Veränderung der bestehenden Verhältnisse ein. Als die Mauer fällt und die Wiedervereinigung eine Zeitenwende einleitet, überwiegt der Jubel. Endlich können wir in ferne Länder reisen. Die Geschäfte locken mit einem bunten Warensortiment. Wir bezahlen mit harter Währung. Auch die Anschaffung eines Pkws muss nicht mehr auf den Sankt-Nimmerleins-Tag verschoben werden. Blühende Landschaften versprechen die Politiker.

Vieles wird einfacher. Wir dürfen lernen und studieren, was uns gefällt. Freie Presse und das Recht auf eigene Meinung sind per Grundgesetz garantiert. Die neue Freiheit genießen wir in vollen Zügen. Wir sind jung. Wir entdecken die Welt. Wir flirten und verlieben uns. Im Sommer aalen wir am FFK.

Das erste Kind bekommen wir im Durchschnittsalter von 27 Jahren. Damit werden wir im Vergleich zum Westen zwei Jahre früher, im Vergleich zu unseren Eltern vier Jahre später Mutter und Vater.

Die kommenden Jahre prägt eine große Unsicherheit. Welcher Betrieb wird den Umbruch überstehen? Die Treuhand versteigert das Volksvermögen, und das Gespenst der Arbeitslosigkeit geht um. Die Jungen zieht es in den Westen. Vielerorts bleiben nur die Alten und Abgehängten zurück.

Mutig stellen wir uns den neuen Herausforderungen. Unser Potential verdanken wir einer guten Allgemeinbildung, aber auch den Idealen der sozialistischen Gesellschaft. Solidarität und Gemeinschaftssinn stehen bei uns hoch im Kurs. Dass wir Kinder der DDR sind, schätzen wir als wichtige Erfahrung.

Seiten zum Selbstgestalten

Bildnachweis

Bundesarchiv Bild 183-W0910-327: S. 8 l.; BArch Bild 183-K1031-400/Hubert Link: S. 14 l. o.; BArch Bild 183-K1020-409/Ulrich Häßler: S. 21 l.; BArch Bild 183-K0305-1002-001/Helmut Schaar: S. 21 r.; 24 l.; BArch Bild 183-K0318-0301-003/Horst Sturm: S. BArch Bild 183-K0318-1008-001/Wolfgang Thieme: S. 24 r.; BArch Bild 183-K0324-0021-001/Vera Katschorowski-Stark: S. 28; BArch Bild 183-K0226-1007-001/Klaus Franke: S. 33 l. o.; BArch Bild 183-N0606-446/Klaus Franke: S. 47 l. Günter Gueffroy: S. 30 l. picture alliance/ZB/ddrbildarchiv.de/Klaus Morgenstern: S. 4, 10, 23 r., 52 r., 56; picture alliance/ZB/Wilfried Glienke: S. 6; picture alliance/ZB/Ulrich Häßler: S. 8 r., 55 u.; picture alliance/dpa/Alfred Hennig: S. 9; picture alliance/dpa/ADN: S. 12, 34 r.; picture alliance/akg-images: S. 13, 16 o., 22 r. o., 33 r., 51; picture alliance/dpa: S. 14 r., 17 l., 34 l.; picture alliance/United Archives/kpa: S. 16 u., 31 u., 32 r.; picture alliance/United Archives/IFTN: S. 17 r.; picture alliance/dpa/Frea Dott: S. 18; picture alliance/Peter Becker: S. 19 u.; picture alliance/Ton Koene: S. 19 o.; picture alliance/ZB/ddrbildarchiv.de: S. 20 l.; picture alliance/dpa-ZB/Archiv Berliner Verlag: S. 20 r.; picture alliance/ZB/Jens Wolf: S. 22 l.; picture alliance/dpa/Britta Pedersen: S. 22 l. u.; picture alliance/ZB/ddrbildarchiv.de/Manfred Uhlenhut: S. 23 l., 57 o.; picture alliance/dpa-ZB/Sebastian Kahnert: S. 25 l.; picture alliance/dpa/UPI: S. 25 r.; picture alliance/Avalon/Retna/Michael Putland: S. 26; picture alliance/dpa/Roland Witschel: S. 30 r. o.; picture alliance/PictureLux/The Hollywood Archive/The Legacy Collection: S. 30 r. u.; picture alliance/ZB/Eberhard Klöppel: S. 31 o.; picture alliance/KPA Copyright: S. 32 l.; picture alliance/dpa/Jörg Kolbe: S. 33 l. M.; picture alliance/dpa/Witschel: S. 33 l. u.; picture alliance/The Advertising Archives: S. 35 l.; picture alliance/Robert B. Fishman: S. 35 r.; picture alliance/Axel Kammerer: S. 36; picture alliance/PYMCA/Photoshot: S. 38 l.; picture alliance/ANP/Patrick van Katwijk: S. 38 r.; picture alliance/dpa/Ncy: S. 39 l.; picture alliance/United Archives/TBM: S. 39 r.; picture alliance/ZB/Karlheinz Friedrich: S. 40; picture alliance/dpa/Ernst-Ludwig Bach: S. 41, 42 r.; picture alliance/ZB/Werner Schulze: S. 42 l.; picture alliance/ZB: S. 43 l., 55 o.; picture alliance/dpa/Hanns-Peter Beyer: S. 43 r.; picture alliance/ZB/Horst Sturm: S. 44; picture alliance/ZB/Nestor Bachmann: S. 46 l.; picture alliance/ZB/Peter Langner: S. 47 r.; picture alliance/dpa/epd-Bild Karl-Adolf Zech: S. 48 l.; picture alliance/dpa/Dieter Klar: S. 48 r. o.; picture alliance/ullstein bild: S. 48 r. u.; picture alliance/Sven Simon: S. 50 r.; picture alliance/dpa-ZB/Patrick Pleul: S. 52 l.; picture alliance/imageBROKER/Michael Nitzschke: S. 53 l. o.; picture alliance/dpa Themendienst: S. 53 l. u.; picture alliance/ddrbildarchiv.de/Friedrich Kayser: S. 53 r.; picture alliance/dpa-ZB/Klaus Winkler: S. 54 l., 58; picture alliance/Ulrich Baumgarten: S. 59 o.; picture alliance/ZB/Benno Bartocha: S. 59 u. Verlag Bild und Heimat, Berlin: S. 46 r., 50 l.

Es war leider nicht in allen Fällen möglich, die Rechteinhaber zu ermitteln. Berechtigte Ansprüche bleiben gewahrt.

ISBN 978-3-95958-260-5

1. Auflage

Text- und Bildredaktion: Daniela Grosch
Umschlaggestaltung: Buchgut, Berlin
unter Verwendung je eines Motivs von picture alliance / ddrbildarchiv.de / Klaus Morgenstern (Vordergrund) und ullstein bild – Thie (Hintergrund)
Innengestaltung: fuxbux, Berlin
Druck und Bindung: Graspo CZ

SUPERillu

In Kooperation mit der SUPERillu
www.superillu-shop.de